句集

紙雛（かみひいな）

國保八江

ウエップ

句集　紙雛／目次

装幀・近野裕一

句集

紙雛

かみひいな

Ⅰ　巡礼道

２００５年～２００７年

〔77句〕

2005年

さくらんぼ孫二人とも女の子

掌の軽き蛍を放ちけり

串刺しの鮎焼いてをりドラム缶
身代りの形代に息吹きかけて

水底の影の素早きあめんぼう

枝豆が笊にいつぱい峡の寺

廃校の庭に鉄棒コスモスと

苔庭の苔の朝露零れけり

山寺のベビーベッドや秋うらら

保育園のお昼寝タイム冬の菊

枯葎なかで雀のさわぐ声

貯水池の日のある辺り鴨の陣

満身で薪割る僧や師走来る

障子の穴にアンパンマンを切貼す

鼻と鼻で握手してゐる冬の象

孫のとる歌留多の札は恋のうた

２００６年

寒林の向うに海の青のぞく

念仏の人みな白き息をして

峡の寺土間の暗きに餅の花

春三日月見る間に雲の六甲山

小雨ふる神戸の海の朧かな

笹山に転びこぼれる恋雀

綿菓子のごとき雲あり花こぶし

踏み減りし磴の凹(くぼみ)に花の屑

日面（おもて）の椿日裏の椿落つ

山の端にまだ日のありて河鹿笛

アロハオエビールの泡の溢れけり

揚羽蝶巡礼道は谷に沿ひ

沢よりの涼しき風の結願寺

花木槿音するほどの雨となる

ひと口を飲んでは鳴らすラムネ玉

玉入れの玉を数へる鰯雲

リュックから転がり出たる青蜜柑

日のぬくみ残りて柚子の黄なりけり

露けしや箸で抓めば骨軽く

秋うららピザ焼く匂ひする街に

ワイン飲むひととき雨のパリは秋

水匂ふセーヌ左岸の落葉径

躾糸するする抜きて七五三

手拍子の疎らとなりし三の酉

玻璃越しに足袋縫ふ手元見てをりぬ

人呼べば綿虫消えてしまひけり

２００７年

冬耕の畝を雲影移りゆく

うしろより闇迫り来るどんど焼

陽の匂ひする切干を炊きにけり

「木漏れ日のみち」てふ径の梅探る

祖父と来し径辿りゆく春隣

手の平で饅頭まるめ里は春

手打ち蕎麦待つ間に春の雪となる

抜けし歯を見せに来る子や春うらら

古希すぎの居眠りぐせや春朧

枝岐れわかれて空へ欅の芽

彼岸西風（ひがんにし）鴉忙（せわ）しく鳴く日なり

草青む日溜りに子をおろしけり

子の忌なりほどよき風の夕ざくら

細き艇土手の杉菜に干されをり

葉桜の影の重なる径を来て

城山に夏うぐひすのこゑ確か

野面積みくづれてゐたる鴨足草(ゆきのした)

塩田を均す人影浜昼顔

額の花ハモニカ吹くに息足らず

笹藪に笹剪る人や星祭

睡蓮咲く昔味噌屋の大釜に
腰揚げを伸ばして浴衣着せにけり

開け方を教へながらのラムネ売り

草の花摘みたる匂ひ指にして

火祭りや傘打つ雨の夜となる

作り手の写真袋に今年米

枝から枝へ電球吊るし村芝居

団栗の板屋に落つる昼下り

うす紅葉扨も小さき地蔵かな

人訪ふと小春日の坂のぼりゆく

石庭の砂の波紋に落葉かな

あふぎ見る冬満月と飛行船

丘陵の南斜面にみかん狩
餡こよし辛味もよしと餅を食ふ

数へ日や荷物両手に月仰ぐ

Ⅱ

雛の夜

２００８年～２０１０年

〔106句〕

2008年

産土様に焚火跡ある三日かな

下枝の震へ小刻み初雀

手にふれて流るる手水春きざす

夫の撒く豆を拾ひてあるきけり

仁王像の開く十指や春の塵

三月や櫛屋に並ぶ黄楊の櫛

雛の夜を孫と童謡歌ひけり

そこのみははこべら萌ゆる寺の隅

隠れん坊沈丁の香を揺らしをり

梵字書くごとくに池の花筏

杣みちの曲りを曲り山ざくら
ふらここを漕いで迎へを待つ子かな

桑の実を口にふくみてバスを待つ

旧道は柵で閉ざされ夏薊

良寛の歌碑の高さに竹煮草

僧語る戊辰のいくさ夏座敷

祭笛に開け放たれし長屋門

民宿に涼しき土間のありにけり

子の仕草思ひ出しては墓洗ふ

尾瀬をゆく露の木道軋ませて

雨雲の奥に稲妻野の蒼く

花野ゆくかくもか細き水の音

ちゃん付けで呼び合ふ会や秋うらら

瓜坊の通ふ径とや賢治の忌

その先の海の匂ひの運動会

桐一葉落ちて眉月残しけり

その他は見えぬコスモス畑かな

百羽否千羽の椋が電線に

畦道に榛の木の影秋深し

幼子と影踏みごつこ冬すみれ

城跡の礎石を囲む冬の草

フェルメール展外は銀杏の黄葉散る

夫の打つ鐘を待ちをり除夜詣

2009年

禰宜ひとり焚火の番や松の内

側溝を流るる音や寒の雨

寒晴れの篁に風起りけり

昼時のめし屋に並ぶ春隣

四つ辻を日のある方に梅探る

鯉跳ねて二月の果つる日なりけり

それなりに雲を映して春の川

影踏みの影は木陰に沈丁花

紙雛に子はまんまるの目を入れて

家々の雛を巡りて山の子等

花の雨浚渫船の碇泊灯

裾あげのひと針ごとに春惜しむ

ジェットコースターの子等の絶叫夏に入る

葉桜の昏き鳥居を潜りけり

八海山に雲とびとびや梅雨晴間

大花火はからずもハイウエイより

只見湖の空高々と朴の花

雨あとの匂ふ茅の輪を潜りけり

庭隅の屋敷稲荷と蟇

二階より手の届きさうな青みかん

施餓鬼会の散華ひとひら拾ひけり

秋雨の音幽かなる夜の紅茶

夕ぐれに少し間のある蘆の花

木洩れ日を揺らして葡萄剪りにけり

水に浮く白桃産毛ひからせて

手の届くところは青き烏瓜

小鳥来る帆を下したるマストにも

文科より法科への径虫時雨

茶の花の垣を跨ぎて隣家へと

大根を洗ふ寺領の井戸端に
山茶花の下枝を揺らす雀かな

卵塔の並ぶ辺りを雪ぼたる

禅林に薪割る音や十二月

注連飾る夫に手を貸す小昼かな

焼諸屋日暮の路地にしばしゐて

2010年

箸置は羽子の形や雑煮膳

子規庵に子規の句を見る冬日向

子規庵の庭に括られ枯薄

大寒の川に水切りしてみたり

菩提寺の庭にバイクと水仙と

木の杭に水かげろふや猫柳

時折の風紅梅に白梅に

菜の花のなかにこゑするかくれんぼ

酢の匂ひ厨に満つる雛の宵

胸高に袴を着けて卒業す

艇と櫂杉菜の土手に干されけり

バス停にバス待つ午後の花の雨

花冷えの廊下軋ませ本堂へ

山藤も日差しも午後に移りゆく

噴水の天辺を見て空を見て
雲ひくくなりたる小昼立葵

夏薊日に六便の山の駅

登りては下る間道夏落葉

潦に映りし夏のちぎれ雲

バスを待つ旅二日目の蝉しぐれ

電柱を一樹のごとく凌霄花

板の間の板の湿りや額の花

夏蝶の瀞のひかりとなりにけり

世話人は尻つ端折りに浴衣着て

大太鼓の低き響きに踊るかな

炎天の墓に卒塔婆を立てにけり

たまさかの一人の夕餉虫時雨

蜩のこゑの中なるバーベキュー

そのたびに探す眼鏡や昼の虫

竹林をざわつと風の九月かな

松虫のこゑは垣根の向うから
ひと跨ぎほどの流れや鴨来る

境内に犬の寝そべる七五三

葱を膝に小さく座るバスの席

大根の抜きたるままを呉れにけり

冬晴れの海辺に並ぶ海女の墓

遠く海小春の坂を下りゆく

病院の窓一面の冬田かな

Ⅲ　虫時雨

２０１１年～２０１３年

〔127句〕

2011年

生ひ立ちて老いたる町の初御空

満天の星の元日更けにけり

冬耕の乾きし土を均らしゆく

餅花を手にせる地蔵比企の里

神主の住まひの庭の冬菜畑

切岸にみ佛数多水仙花

うぐひす餅店のケースの中程に

紙風船つきて十まで数へけり

川縁を柳絮飛び交ふ辺りまで

雲のかたちゆつくり変はる八重桜

雲雀野に雲雀降りたる行方かな

れんげ草鋤き込んでゆく耕運機

用水の流るる音と囀りと

風薫る野をくるくると一輪車

六月や虚子の袴と桐の下駄

虚子庵の縁にひとときの柿若葉

師の好む虚子の一句や白牡丹

小判草岸辺の風に揺れにけり

庭先の犬小屋に焚く蚊遣香

切株に掛けてしばしを麦の秋

老鶯のこゑを間近に比企郡

祖母を知る人と行き逢ふ盆の寺

呉服屋で袴を選ぶ夫の汗

木曾谷に俄雨来る葉鶏頭

新蕎麦の幟はためく木曾路かな

本降りとなりし雨音とろろ汁

昼の虫胸突坂をのぼり来て
帽子屋に角帽並びつくつくし

秋風と来て禅寺のクラス会

熊笹を鳴らして風のさはやかに

子犬さがす白粉花の咲く辺り

秋雨のしきりに池の舫ひ船

目で追ひし秋蝶空に消えにけり

雄を背におんぶ飛蝗の横つ飛び

裏庭の土の湿りや実南天

炉話に出羽の一夜の更けにけり

山寺の庭の向うの冬菜畑

茅葺の古りし鐘楼紅葉散る

風花の大内宿となりにけり

前山を冬霧のぼる湯宿かな

逝く年に逝きし子に手を合はせけり

春着着て少しお澄ましして ゐたり

２０１２年

水仙の匂ふ生家でありにけり

大川にその影揺るる冬の月

孫たちの来る日の布団干しにけり

雪催ひ海へと消ゆる鳶のこゑ

咳く夫も我も齢も古りにけり
春寒の灯点しごろを灯さずに

古雛飾る離れに灯を入れて

三月の厨に並ぶ空の瓶

春荒れや千穐楽の南座に
吾子の忌の二度三度鳴る春の雷

降りしきる雨の牡丹となりにけり

夫のゆく方へ方へとしじみ蝶

春惜しむ頬杖したる御佛と

坂を来てまだ先に坂姫女苑

祭り半纏路地に車座なしてゐて

竹籔に風の音地に雹の音

じやがいもの花に思はぬ風立ちて
老鶯の次の声まつ小昼かな

寄せ墓に薄き日ざしと揚羽蝶

鴉の影よぎる中州や日の盛り

夕ぐれに間なき泰山木の花

扇子買ふ窓の向うに東山

本裁の浴衣を孫に着せにけり

屋敷神の辺りいつもの蟇の出て

睡蓮に巻葉を添へて活けにけり

少年兵の遺書は短かし蟬時雨

糸瓜棚に糸瓜垂らして武家屋敷

終バスを降りて家まで虫時雨

白萩の径来て人を待ちにけり

オホーツクの星を見たくて賢治の忌

秋空へ園児の声と竹トンボ

木犀や車庫のシャッター開ける音

黒板のメニューは鰤のカルパッチョ

門わきの白山茶花の咲きにけり

小春日のコンビニに買ふエクレール

茶の花や磴を登るに杖借りて

括られて立つ白菜に日暮かな

こととことと小豆煮てゐる三日かな

２０１３年

童子墓の並ぶ辺りを冬の蝶

交番の机と椅子と冬灯

日脚伸ぶ卓に揃ひのティーカップ

読みさしの本に枯葉の栞かな

コンビニへマフラー巻いて一走り

冬萌や岸に干さるる艇と櫂

縁側の足踏みミシン春の塵

土手外の屋敷の跡の梅白し

雛段の角に紙雛飾りけり

宿木の芽吹きの色となりにけり

買ひ替へし釜で炊く飯花菜漬

建て売りは三階建てや霾れり

花見舟ゆつくり向きを変へにけり

聞き慣れぬ囀り耳に昼さがり

突然に玩具の喋る花の昼

土筆野に足の踏場を捜しけり

牡丹見て牡丹の写真見て帰る

山藤やバスは越後の湯沢へと

運転を誤りさうな大西日

祖父のせしごとくに毛虫焼きにけり

老鶯のこゑを間遠に湖の朝

指染めて桑の実口にしてゐたり

バス停にバスのすぐ来て椎の花

青田道鎮守の杜へ真つ直ぐに

土砂降りの梅雨の石段昇りけり

石割桜青葉の枝を広げをり

和菓子屋の奥に喫茶部かき氷

北上川見下ろす坂や青楓

海涼し方三間の五大堂

足許に昼の虫鳴く瑞巌寺

蜩のころを湯宿に着きにけり

吾子はまた茄子の牛にて帰りけり

孫描きし漫画を壁に貼り夜長

駅までは倉庫のつづく猫じやらし

螻蛄鳴くを通夜の帰りの道すがら
一列に農家の庭の鶏頭花

毛越寺の庭の遣り水秋の蝶

庭少し広くなりけり松手入

自転車を習ふ子のあと草の花

夫婦岩に波また波や石蕗の花

凩の夜更に使ふ電子辞書

人込みを夫の冬帽目じるしに

我生れし日の祖父の日記や冬椿

垣に沿ひ冬のすみれの鉢並ぶ

山茶花の散り敷く坂は下り坂

産土のわきの祠に鏡餅

戒名の話などして冬灯

Ⅳ

古火鉢

２０１４年～２０１５年

〔68句〕

2014年

通りひとつ隔てて生家初御空

神棚に一合桝の年の豆

稲荷へと坂道続く藪柑子

粗朶の火のぱちんと跳ねて春寒し

梅香るひと日は母の忌なりけり

祖母の雛飾りてしばし座しゐたる

雛飾る山の湯宿の暮れにけり

買物帰り春満月と歩きけり

往還の車の音と囀りと

雨ながら雲間に日差し白牡丹

花屑のつむじ風立つ日なりけり

橡の花農機具小屋のトタン屋根

行きずりの小さき社の山法師

すつと立つ脚の長さや更衣

じやがいもの花の日向に子を降す

走り梅雨海の匂ひの雨が降る

空あをく紫陽花あをき瑞泉寺

側溝に水音のして額の花

遠く鳴く鴉泰山木の花

プランターに実りし茄子を捥ぎにけり

空蝉を砕きて子等のおままごと

梅雨明けの朝日差し来る青畳

噺家のはらりと脱ぎて夏羽織

一頻り鳴き次の木へ法師蟬

寺の庭掃き残しある夏落葉

後ろ手に門扉を閉めて鰯雲

木槿咲く床屋のとなり洗濯屋

露寒の筧を水の流れ来る

秋蝶の土手すれすれに飛びゆける

何事も無視する孫に栗を剝く

芒原昼三日月のうつすらと
美術館は銀杏黄葉の只中に

ペースメーカーつけて夫の柚湯かな

大寺の井戸に大根洗ひをり

炬燵出す出せば自づと座のきまり

雪吊りの縄つたひくる雨雫

寒鴉竹の葉ずれの音のして

菩提寺の渡り廊下や竜の玉

2015年

お年玉八つつくりて実家へと

皿の絵の透けて見えたる河豚刺身

孫と過す午後のひととき餅を焼く

雪折れの竹に行く手を遮られ

山門の前に踏切いぬふぐり

春寒し日向で食べるチョコレート

分校は今幼稚園梅白し

一輪の椿を活けて客間とし

暖かし置き薬屋の荷を広げ
吾子の忌の近づく夜の桜かな

逆縁の卒塔婆を墓に春の雪

記念碑に祖父の名ありて樟若葉

花は葉に小雨の武蔵一ノ宮

軒先の高さに咲いて薔薇の花

昼顔をフェンスに咲かせ砂利置場

麦酒飲む夫は傘寿をすぎにけり

梅雨明の待たるる夜の月の色

次々と茅の輪をくぐる車椅子

青田風ほがひの酒を廻し飲む

糠雨の日暮れは白し花とべら

古火鉢父の飼ひたる目高居て

ぱつたりと友と会ひけり花火の夜

大粒の葡萄ひと房お供へに

すつと来てすつと去りけり鬼やんま

蕎麦の花丸太の椅子に蕎麦を待ち

鶏頭の赤のいささか錆びゐたる

紙のごとき松茸二枚土瓶蒸し

松手入れ植木屋さんは眼鏡かけ

実南天祖母の小言を思ひ出す

引出しに飴の出て来る長火鉢

あとがき

気がつくと、いつの間にか俳句にどっぷり漬かっている私でした。毎月四つの句会に出席し、吟行には積極的に参加しておりました。そのほとんどで「やぶれ傘」主宰大崎紀夫先生のご指導を頂いておりました。どこまで上達できたかは別として、句作りを辛いと感じたことはありませんでした。それが、傘寿を迎えた昨年前後から身心ともに衰えを感じるようになり、思い切って地元の「こなから会」だけでのんびり俳句と付き合うことにいたしました。

俳句と出合ったのは、還暦をすぎ、息子を病気で失った逆縁の苦しみのさなか、故猪俣千代子先生に勧められたことでした。古稀を迎えたとき、大崎先生の助言で、母の遺品「文筥」を題名とした句集ができました。

息子に先立たれてから四国遍路を続けていましたが、大崎先生から俳句をつくりながらの遍路の会に誘われ、八十八カ所を二巡する結果となりました。お蔭でようやく立ち直ることもでき、第二句集『遍路』をまとめて、なによりの供養になったと思っております。

長い間お世話になったこれまでの句会を休ませて頂いたのを機会に、これまでの俳句を整理したのがこの『紙雛』です。孫娘が紙雛にまんまるの目を書き込んでいる姿がなんとも可愛らしく、題名としました。
お恥かしい句ばかりですが、ウエップ編集室の方々にも大変なお世話になったことを、心から感謝申し上げます。

平成二十八年四月

國保八江

著者略歴

國保八江（くにやす・やえ）
本名　國保やゑ

昭和10年（1935）12月９日　埼玉県生まれ
昭和33年　早稲田大学教育学部卒業
平成７年　猪俣千代子教室に入会
平成17年「やぶれ傘」（大崎紀夫主宰）入会

句集に『文筥』『遍路―宙と風と海と』

現住所＝〒335-0012　埼玉県戸田市中町１-22-11

句集　紙　雛
2016年５月30日　第１刷発行
著　者　國 保 八 江
発行者　池 田 友 之
発行所　株式会社ウエップ
〒160-0022　東京都新宿区新宿1-24-1-909
電話　03-5368-1870　郵便振替　00140-7-544128
印　刷　モリモト印刷株式会社

※定価はカバーに表示してあります　　ISBN978-4-86608-017-8